하늘마중

하늘마중

2026년 4월 20일 초판 1쇄 인쇄
2026년 4월 28일 초판 1쇄 발행

지은이 | 차민기
펴낸이 | 孫貞順

펴낸곳 | 도서출판 작가
 (03756) 서울 서대문구 북아현로6길 50
 Tel | 02)365-8111~2 Fax | 02)365-8110
 Mail | cultura@cultura.co.kr
 Homepage Address | www.cultura.co.kr
 등록번호 | 제13-630호(2000. 2. 9.)

편집 | 손희 김치성 설재원
디자인 | 오경은 이동홍
마케팅 | 박영민
관리 | 이용승

값 15,000원

한국디카시 대표시선

37

차민기 디카시집

하늘마중

작가

가락을 잃어버린 시는 결국 이야기만 남길 것이다

그리하여 나의 자모음들은,
장황한 문장을 짓지 않아도
저마다의 나날살이 속에 겹치는 이야기이고 싶었다

2026년 봄
차민기

2부 지상의 방 한 칸

3부 가파도에서 배우다

4부 .와 ...... 사이

1부

세상의 끝에서

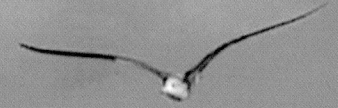

월광의 신화

내 몸의 형상 따라 정해진 시간이 있었다

아득한 시간 너머에서도

나는 늘 똑같이 차고 기울었다

그럴 때마다 살아 전하는 이야기들이 생겼다

파에톤의 태양마차 1

너무 낮게 날아

온 지구를 불태울 기세다

파에톤의 태양마차* 2

너무 높이 올라

하늘을 태우는 동안

지상의 모든 것들은

벼락 소리에 몸을 떨었다

* 태양신의 아들이었던 파에톤은 태양마차를 서툴게 몰다가 하
늘을 태운 죄로 제우스의 벼락에 맞아 죽었다.

세상의 끝에서

"잘 따라오고 있어요?"

"돌아보지 마세요"

애만 태우던 말들이다*

* 죽은 아내를 찾아 저승길로 걸어 든 오르페우스와 에우리디케
이야기.

나르키소스

못물에 비친 저 자신을

끝내 떼어 내지 못해

저리 평생을

바라보다 말 일이다

한 줄 말씀으로 닿다

끝내 닿고야 말

오직

한 가닥 말씀!

저녁 말씀

아버지 한 줄 말씀에도

울컥,

붉어진 눈시울

고비

– 고비사막*

길밖에 서면

모든 곳이 길

고비에서 깨달았다

실크로드

– 둔황 명사산*

동서양을 이어 걸었다는

소그드 상인들의 발걸음을

흉내 내 본다

* 실크로드의 관문 도시 둔황에 있는 모래산.

영일만*에서 고래를 만나다

– 포항 호미곶 영일만

신발 한 켤레 찾아 들고

지어미 행방을 묻자

분수공 길게, 숨통 튼 고래 한 마리

먼 길 갈 차비하고 엎드렸다

* 연오랑세오녀의 전설이 깃든 곳.

천관의 연서戀書

그 시절 천관들은

긴 긴 동짓밤 호롱불 하나 밝혀 들고

별자리마다

연정을 새기기도 했을까

망각

– 경주 감포 감은사지*

석탑은커녕,

카네이션 한 송이조차

잊은 지 오래

* 감은사感恩寺: 신라 31대 임금인 신문왕이 아버지 문무왕의 뜻
을 기려 지은 절.

낭패

– 삼랑진 만어사 너덜겅*

일만 물고기 물길 놓쳐

낭패 보았다는 산비알

전하는 말씀은 없고

너덜겅 스치는 바람 소리에

텅, 텅,

전설만 나뒹군다

* 삼국유사에 만어사 관련 설화가 전한다.

목격자

– 안동 하회마을 삼신당 당산나무

수백 년,

똑똑히 보았다

발밑에 치렁치렁

매달려 살아가던 목숨들

와불* 벌떡, 일어나시라!

– 화순 운주사

한 번도 돌아눕지 않으시네

욕창 생기실라

저리 천 년을 누워만 계시니

사는 게 이 모양일밖에!

* 운주사 와불이 저절로 일어서는 날엔 새 세상이 온다는 전설이
있음.

2부
지상의 방 한 칸

지상의 방 한 칸

천상의 눈으로 새벽을 틔우고

불빛 그림자 하나로
어둠을 딛고 서면

그것만으로도 위안이 되는
생이 있다

횃불의 밤들

지아비 물길 밝힌 밤이다

상년上年 보름 다들물때*
물이랑에 얹혀 온 시아지비
여직 초분草墳**으로 누웠는,

사리물때 애만 타는 밤이었다

* 경남 남해 일대에서 만조를 일컫는 말.
** 갯가 지역에서 시신을 바로 묻지 않고 돌이나 통나무 위에 관
을 얹어 이엉 등으로 덮은 초가 형태의 임시 무덤.

마중

발걸음 낮춰

오신다기에

댓돌 한쪽 자리

한참을 비워 두었습니다

어금니 아래, 그리움

긴 입김으로 안부 여쭙습니다

어금니 아래
오래 머금은 그리움 한 쪽

툭, 튀어나와
당황했습니다

그날 밤

– 저도 연육교*

물 너머 매일

궁금하던 안부였지요

그날도 이리

다리 하나 놓였더라면

험한 물살 엄두 내지 않았을 밤이지요

* 마산 구산면 저도를 잇는 다리.

낮은 지붕 일가

낮은 지붕 아래

등불 몇 점 밝히고

또 하루를 섬기는

일가가 있었다

사 남매

도토리 키재기다

번듯한 놈이나
깨지고 터진 놈이나

서로 보듬고 살 일이다

어무이 자리

텅, 비었다

쿰쿰한 장내도

맵싸하니 붉은 손맛도

외가가 비었다

장승 같던 외할배

아궁이마냥 따습기만 하던 외할매

외삼촌, 이모들까지,

오갈 때마다

손 흔들던 비탈길이다

동행

물살에 버텨온 한 사내의 생을
온몸으로 받들어 온 여정

함께 돌아갈 집이 있고
새벽이면 또
함께 품을 바다가 있다

효자손

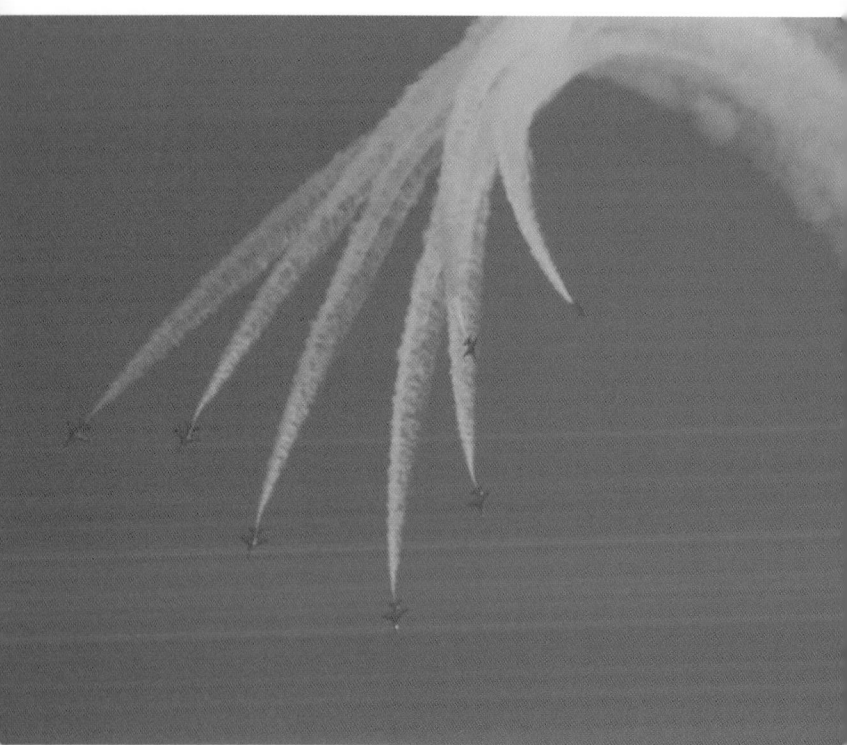

그래 거기

아래아래… 옆으로…

아버지
모처럼 환히 웃으신다

건넛방 아버지

– 부산 영도 흰여울마을

생은

천천히 내리는 일이 더 조심스러운가

아흔 넘긴 아버지

오늘도 아들 눈치에

발끝 소리 조심스럽다

치매

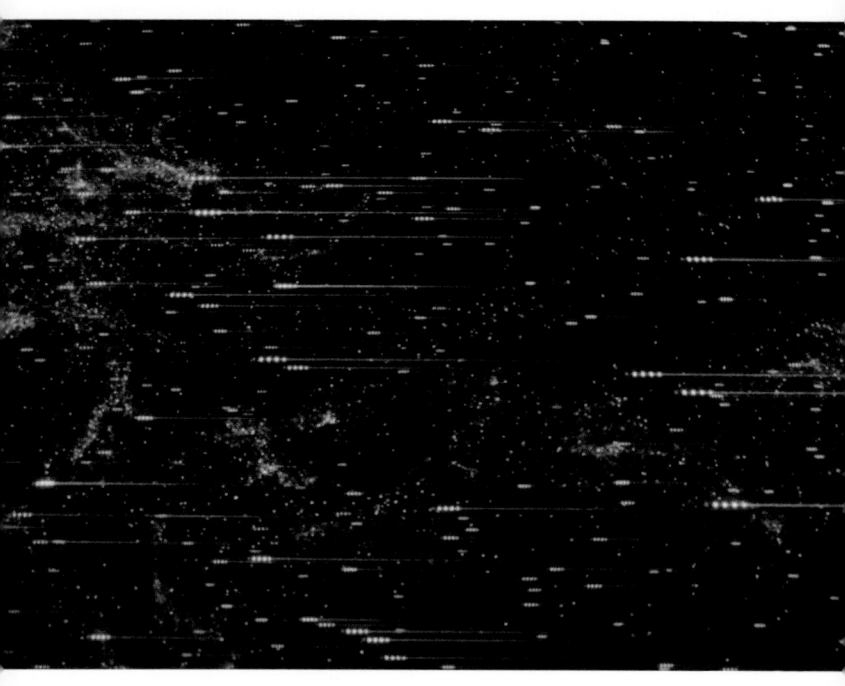

세월에 긁혀 드문드문 앉은 딱지

아픈 손가락 아들 이름

그 딱지 아래 숨기고선

기억도 못 하신다

아버지

비탈의 서사

– 부산 감천마을

몇 개의 자모음으로는

감히,

다 옮기지 못한 서사들

성장통

– 부산 해운대 달맞이고개

홀쩍,

키 자란 도시에서

우리는 매일 밤

신음을 앓았다

3부
가파도에서 배우다

일탈

한 옥타브만 벗어나면

'통화권 이탈'

일탈의 시작

입석 동행

하늘 여정에 동행이 생겼다

좌석표도 없는 입석이라는데

들여다보는 표정,

환하다

하늘마중

물길 끝자락에 선

하늘마중

다시,

설레는 제주

부끄러움

– 서귀포 섶섬

밤새 퉁퉁 부은 그리움

아침 환해지도록

이불 뒤집어쓰고
바깥출입 삼갑니다

숨비소리

무겁게 가라앉아야

살아지는

생이

있다

충혈

뜬눈으로 새우는 밤

물길이 높으면
또 하루가 허탕이다

딱지의 숨통

서툰 물질에 긁히고 패인 자리

딱지 앉을 때마다
트이는 숨통

가족사진

– 형제 해안도로

늘 아버지는

사진 밖에
있었다

모슬포에 들러붙다

– 모슬포항

하늘, 바다,

닥지닥지

이어 붙인 모슬포에선

바람도 파도도

모두 들러붙었다

가파도에서 배우다

지붕들은 섬마루에 올라서지 않았고

파도는 함부로 담장을 넘지 않았다

쥔장 때문에

– 가파도 카페 '봄날에'

'낮술환영'

-쥔장 성깔있음

앉지도 못하고

들어서지도 못한 채

고민만 한참 깊어졌다

승부전*

– 마라도

시커먼 주둥이가 낚싯바늘을 삼켰다

그러고선 한참…

사내도,

섬도,

꿈쩍 않았다

* 낚시꾼과 물고기 간의 힘겨루기를 이르는 말.

마라도는 둥근 이름

둥글게 혀가 말리는 이름

둥글게 웅크려야만

칼바람 끝을 피할 수 있기 때문이다

검은 발자국

– 섯알오름 4·3 학살터에서

끌려가며 남긴 발걸음들이다

어둠 속에 묻은 발자국이라도 찾으라고…

그 길 따라 걷다

털썩,

무릎 꺾었다

천장天葬

– 제주 4·3평화기념관에서

깜빡,

놓쳐 버린 이름

물어 올릴 육신 흩어 버린

빈 하늘

검은 울음만 자욱하다

4부

.와 ...... 사이

생은?

무엇 하나

선명한 게 없는

날들

뜬눈

눈물 홍건,

뜬눈으로 새운 밤이
잦았다

깊고 푸른

깊고 깊어서

수십 번 자맥질에도 끝 닿을 줄 몰랐다
미역 줄기 같은 섬자락 끝을 잡고
숨 한 번 고르고 나면

푸른빛은 또 저만치, 아득했다

…너도 나도…

아래 위, 의미가 있나?

멈추고 나면

똑같을 것을

…너도…나도…

단조 풍경

한껏, 몸 낮춘 것들의

화음을 듣다

봄의장대

봄이 온다기에

모두 기립!

한여름

해변을 걸어 들어

심연에서 몸 불리는 조개처럼

하늘 깊은 곳에선

태양이 속살을 불리고 있었다

가을, 채색

스쿨버스 함뿍, 적신 은행빛

점점이 떨어지고

그 가을빛 건너기 위해

사람들 오그종종

신호등 앞으로 몰려든다

순리

옛 어른들 말씀

하나 그른 것 없다

바람 불면 부는 대로…

잎 지면 지는 대로…

줄담배

이놈 저놈

피워대는 줄담배에

파란 하늘, 통째

내어주시다

어둠 속에서 깨닫다

어둠 속을 멈추지 말아야 하는 이유

길

끝에 있었다

생은!

보이지 않아도 분명한 것들이 있다

그래서 나무들은 먹구름을 향해서도 키를 키우고 있는
게다

보이지 않아도 늘 닿아야 할 그 어디,

그곳을 향해 가는 것일 게다

생은!

등 푸른 날들

찌 끝에 딸려 온

푸른 등판에

은빛 비늘

후두둑, 튕긴다

닥공!

가끔 골대를 빗나가는 삶일지라도

종료 휘슬 울릴 때까진

닥공!

.와 ...... 사이

.와 ...... 사이 어디쯤

생의 무수한 서사들이
그 몇 개의 점들 속에 있었다

번천의 상상력과 춘추필법의 시

― 차민기 디카시집 『하늘마중』

김종회(문학평론가, 한국디카시인협회 회장)

1. 왜 차민기이며 또 디카시인가

지금 우리가 디카시라고 부르는 새로운 형식의 시 쓰기, 곧 디지털카메라로 촬영한 사진에 몇 줄의 신박한 시를 덧붙이는 창작 방식은 21세기 초부터 여러 시인에 의해 시도되었다. 바야흐로 활자매체 문자문화 시대에서 전자매체 영상문화의 시대로 전환되면서, 이러한 창작의 유형은 이미 예고된 바와 다름없었다. 더욱이 누구나 손안에 들고 있는 소우주 핸드폰의 카메라로 사진을 찍고, 여기에 몇 줄의 시행을 부

가하는 것은 극히 자연스러운 일이었다. 시간을 거슬러 올라가 보면, 우리 선조들이 동양화 한 폭을 치고 거기에 몇 줄의 언술을 더하던 시화詩畵라는 것이 있었다. 그런가 하면 지금 기성세대의 학창 시절에 그와 유사한 시화전詩畵展이 여러 모양으로 흥행이었다.

세월이 흘러 그림이 사진으로 바뀌었을 그 기본 형식에는 변동이 없다. 이를테면 디카시가 어느 한순간에 하늘에서 떨어지듯 생겨난 것이 아니고, 그와 같은 시대적 흐름 또한 어느 누구의 전유물이 아니라는 말이다. 2001년부터 이 방식의 시 쓰기를 이어오다가 2007년에 디카시집 『꽃에게 바치다』 (토방)를 펴낸 이상범 시조시인을 비롯하여, 당시 디지털한 국문학도서관을 운영하던 제주대 윤석산 교수 등 여러 문인이 그 언저리에 있었다. '디카시'란 용어를 처음 사용하고 2004년에 첫 디카시집 『고성가도』(문학의 전당)를 펴낸 이는 창신대 이상옥 교수였다. 이 무렵부터 소규모 지역 문예 운동으로 디카시의 론칭이 시작되었으나 크게 확신되지 않았고, 사회적 확장과 파괴력을 갖기 시작한 것은 2020년 한국디카시인협회가 창립되면서부터였다.

바로 이러한 디카시의 초창기에, 차민기는 이 문예 운동의 실질적인 실무자였고 현장 담당자였으며 동시에 그 태동과 확산을 지켜본 산증인이었다. 그는 부산에서 태어나 경남 일원과 서울 등지로 옮겨 다녔으며, 문학박사 학위를 취득하고 문학평론가로 문단에 얼굴을 알렸다. 디카시가 우리 문학과 사회에 수용되기 시작하던 초창기에 행사·기획 등을 맡아 일하면서 그 저변의 성격과 전개 과정을 누구보다도 잘 아는 문인이다. 그 무렵 차민기는 「스마트 시대의 문화콘텐츠, 디카시」(2012), 「전통 시론으로 풀어 본 디카시」(2021), 「매체 발달에 따른 예술의 일상화디카시」(2014)등의 디카시론을 썼다. 첫 디카시 평론가라는 호명呼名은 그의 것이었다. 사정이 이러하고 보면, 모두가 그를 디카시의 초기 지평을 개척한 시인이요 이론가라고 이해할 것이다. 그가 이번에 첫 디카시집을 낸다. 만시지탄晚時之歎의 감이 없지 않으나 기껍고 흔연한 일이다.

2. 처처에 숨은 자아 성찰의 은유

세상의 모든 풍광은 우리의 삶을 반사하는 거울이다. 눈에 보이든 눈에 보이지 않든, 우리는 여러 유형의 '객관적 상관물'에서 우리 내부의 은밀한 형상을 유추한다. 객관적 상관물objective correlative이란 말은 T.S.엘리엇이 사용하기 시작했으며, 감정을 직접적으로 말하지 않고 전달하는 방식이다. 이러한 표현법에 익숙해지면, 우리 주변의 모든 사물이 입을 열어 말하기 시작한다. 이 대화의 길에 들어서면 내포적 자아를 탐색하는 자아 성찰의 형용이 한결 쉬워질 수밖에 없다. 요약하자면 그 성찰이 자아의 자리에서 단독자로 수행되는 것이 아니라, 세상의 경관에 반응하는 현상적 자각에서 말미암는다는 말이다. 이 시집 1부의 시 가운데 「나르키소스」의 못물에 비친 그림자, 「영일만에서 고래를 만나다」의 갯바위와 고래의 은유 등이 모두 그렇다.

내 몸의 형상 따라 정해진 시간이 있었다
아득한 시간 너머에서도
나는 늘 똑같이 차고 기울었다
그럴 때마다 살아 전하는 이야기들이 생겼다

– 「월광의 신화」

　높은 빌딩 그 위의 하늘에 만월滿月이 걸렸다. 밤이 어두울수록 달빛이 밝은 이치는 우리 삶의 여러 경로에 소용된다. 만월은 '가득 참'의 상징이지만 동시에 뒤이은 '기울어짐'의 불안을 함께 안고 있다. 이러한 관념들은 깨달음이나 결단과 같은 극명한 심리 상태를 반영하기도 한다. 시인은 이 선명하고 집중적인 사진에 '월광의 신화'란 제목을 붙였다. 일찍이 한 시대의 에포크를 그은 작가 이병주가, 그의 장편『산하』에서 에피그람으로 사용한 레토릭이다. "태양에 바래지면 역사가 되고 월광에 물들면 신화가 된다"가 그 문면文面이었다. 이때의 월광은 현실과 대비된 예술로서 문학의 다른 이름이다. 이 시의 차고 기우는 그 과정과 더불어 '살아 전하는 이야기들'의 의미가 그와 다르지 않다.

길밖에 서면
모든 곳이 길

고비에서 깨달았다

─「고비」

　　중국의 고비사막은 몽골과의 경계에 있다. 세계에서 손꼽히는 대형 사막이며, 거친 평원과 돌밭이 주를 이루어 전통적인 사하라 식 사막의 이미지와는 좀 다르다. 그러나 여름의 극심한 고온이나 겨울의 영하 수십도 혹한은 사막의 냉엄한 불모성을 대변한다. 그러므로 고비사막은 여러 글에서 생존·인내·고독의 표본으로 자주 등장한다. 시인이 내놓은 사진은 돈황에 이어진 명사산鳴沙山 인근의 풍경으로 보인다. 사람이 걸어 내려가거나 바람이 불면 모래가 우는 소리를 낸다는 뜻이다. 시인은 이곳을 두고 '길 밖의 길'이라 호명하고, 그러면 그 자리가 모두 길이 된다는 중층적이고 입체적인 관점을 피력했다. 그 생각의 전환점, 인식의 '고비'를 '고비사막'에서 깨달았다는 것이다. 이때의 어휘 고비는 한자어가 아니라 몽골어 'Gobi'에서 왔으니, 시의 제목과 마무리 구절이 사뭇 절묘하다.

3. 전설처럼 남은 기억의 서사들

여기에 소제목으로 제시한 이 워딩에는 몇 가지 유의점이 있다. 그것은 반복해서 떠올려졌고 여러 번 말해졌으며, 그때마다 조금씩 다르게 언급되었고 결국 지금의 나를 설명하는 데 소용되는 기억이다. 그래야만 '전설의 기억'이란 명제를 충족한다. 전설은 정확히 하나의 이야기로 응결되지 않더라도 그 객체의 정체성을 지탱하는 역할을 한다. 이 기억은 선명하게 현재적 삶의 전면으로 나서지는 않으나, 오래 사라지지 않고 조용한 배경음처럼 남아 있는 존재 양식을 가졌다. 다시 말하자면 지금 '나'의 삶이 형성되도록 추동하는 정신의 형태인 터이다. 2부의 시들은 주로 이 대목에 연관되어 있다. 「비탈의 서사」에서 볼 수 있는 도시의 밀집형 주거에서 '다 옮기지 못한 서사들'이나, 「성장통」에서 볼 수 있는 마천루 빌딩들의 '매일 밤 신음'이 그 기억의 그림자를 숨기고 있다.

발걸음 낮춰
오신다기에

댓돌 한쪽 자리
한참을 비워 두었습니다

– 「마중」

고풍스러운 쌍여닫이 방문과 폭이 좁은 마루가 있고 댓돌 위에는 흰 고무신 한 켤레가 밖을 바라보며 놓여 있다. 이때의 댓돌은 경계의 공간이다. 마루 너머의 방과 댓돌 아래의 마당을 구분 지으며, 안에 있을 사람과 찾아올 사람을 연계하는 만남 그리고 기다림의 장소다. 시인은 이 상황을 '마중'이라고 썼다. 분명히 누군가를 기다리는 누군가가 있다는 확신이 거기에 있다. 공간은 이토록 유연한데 문제는 시간이 정적으로 멈추어 있다는 점이다. 그러기에 애타는 마중이다. 시인은 '발걸음 낮춰'오신다는 그분을 위해 '댓돌 한쪽 자리'를 한참 비워 두었다고 고백했다. 고요하고 정갈하고 목마른 서정의 시다.

장승 같던 외할배
아궁이마냥 따습기만 하던 외할매
외삼촌, 이모들까지,
오갈 때마다
손 흔들던 비탈길이다

―「외가가 비었다」

외가, 특히 어릴 적 외가는 그야말로 전설의 원형이다. 외가는 친가 곧 우리 집과는 느낌도 분위기도 다르다. 부모의 채근이 조금 희미해지고 어른들의 눈길이 한 박자 느슨해지는 곳, 잘못을 해도 크게 혼나지 않는 곳이다. 외가의 어른들은 '왜 그랬니'보다 '왔니'로 기억되는, 존재 자체를 먼저 맞아주는 경험으로 남아 있기 십상이다. 그러나 그 외가는 오래 머물지 못하고 돌아와야 하는 운명의 기억으로 각인되어 있다. 시인은 이 돌담 고즈넉한 시골길에서 외할배, 외할매, 외삼촌, 이모까지 그 모두를 한꺼번에 소환한다. 그립고 아쉽고 잊을 수 없는 추억의 땅이다. 그 외가가 비었으니, 시절도 변하고 세월도 달라졌다. 그러기에 이토록 애틋한 기억이 이 시의 울림으로 살아 있다.

4. 남녘 제주 풍광과 사유의 깊이

우리의 정서에 새겨진 제주도의 의미는 나라 안의 땅이면서 나라 밖의 공간이다. 한반도와 격리된 섬이라는 지리적 특성 때문에 고립의 이미지를 갖고 있지만 동시에 먼바다로 열려 있어 자유와 해방의 상징이 되기도 한다. 바다와 바람, 돌담과 오름의 여러 모양이 그림처럼 펼쳐져 있으나 그 가운데서의 삶은 강한 인내와 생명력을 요구한다. 그렇게 상반되고 이중적인 인식의 대상인 제주도를 방문한 시인에게, 그 풍광이 공여하는 사유思惟의 심층이 없을 수 없다. 3부의 시들은 그와 같은 사유가 시가 된 형국이다. 제주도의 특징적 풍경을 포착한「숨비소리」에서 해녀를 보는 눈, 제주도의 역사적 비극을 대변하는 4·3사건의 현장「천장天葬」에서의 '검은 울음' 등이 그 예증이다.

물길 끝자락에 선
하늘마중

다시,

설레는 제주

　　– 「하늘마중」

　　사진 속의 항공기는 황혼이 곱게 물든 하늘길을 가로질러
착륙을 앞두고 있다. 탑승객들은 어느덧 하늘의 시간에서 사
람의 시간으로 되돌아온다. 이 시간의 제주 바다는 말이 없고
등대만 하나 외롭게 서 있다. 밤의 시작을 바라보면서도 이렇
게 가슴 설레기는 쉬운 국면이 아니다. 이 여행은 제주라는
독특한 섬의 리듬 속으로 들어가는 일이다. 시인은 이처럼 복
합적인 정황을 한꺼번에 일러 '하늘마중'이라고 했다. '물길
끝자락에 선 하늘마중'이 그 서술부다. 그리고 자신의 가슴이
다시 설레는, 그 소중한 동계動悸를 바라보는 시인의 심사는
부드럽고 고요하다. 동시에 사진과 시가 극도로 말을 줄이면
서 오히려 더 많은 말을 전하는, 어법의 묘미를 익혔다.

지붕들은 섬마루에 올라서지 않았고

파도는 함부로 담장을 넘지 않았다

　　– 「가파도에서 배우다」

제주 가파도는 말수가 적은 섬이다. 그래서 더 오래 마음에 남는 곳이기는 하다. 가파도加波島의 어의는 글자 그대로 '물결이 더해지는 섬'이라는 뜻을 품고 있다. 실제로 이 섬은 바다 위에 낮게, 조용히 엎혀 있는 느낌을 준다. 제주도가 한라산의 위용과 더불어 웅장하다면, 가파도는 수평선과 손을 맞잡은 조화로움을 추구한다. 높은 오름 대신 넓게 열린 들판, 현무암 담장 사이로 스미는 바람, 시야를 가로막지 않는 낮은 지형이 가파도의 모습이다. 그러기에 시인이 "지붕들은 섬 마루에 올라서지 않았고 파도는 함부로 담장을 넘지 않았다"고 판독하여 술회한 것이다. 가파도는 외래인의 관광지이기보다 섬사람들이 지켜온 삶의 자리다. 시인이 여기서 세상살이의 지혜로운 관점을 배운 것은 극히 온당하고 자연스러운 결과다.

5. 자연의 경물이 소환하는 각성

자연의 경물景物을 선택하고 시를 부가하는 디카시는, 그 경물로부터 의식을 흔들고 마음을 깨우는 각성을 얻지 못한다면 평범한 시로 전락할 가능성이 크다. 눈앞의 풍경이 단순한 배경으로 그치지 않고 인식 주체의 심경에 육박해 올 때의 그 감동은, 마치 월척의 고기를 낚아채는 낚시꾼의 손맛에 비견된다. 어떤 경우에라도 자연은 사람을 직접 가르치지 않고 우회적으로 각성시킨다. 예컨대 끝없는 수평선은 나

의 사소함을, 저무는 빛은 시간의 유한성을, 바람에 흔들리는
풀은 그러면서 자란다는 생각을 공여한다. 4부의 시 가운데
는 이러한 각성의 제재題材가 많다. 「순리」에서 어른들의 말
씀, 「등 푸른 날들」에서 등대와 바다의 재해석 등이 여기에
해당한다.

깊고 깊어서

수십 번 자맥질에도 끝 닿을 줄 몰랐다
미역 줄기 같은 섬자락 끝을 잡고
숨 한 번 고르고 나면

푸른빛은 또 저만치, 아득했다

– 「깊고 푸른」

검푸른 하늘과 낮은 산과 잔잔한 바다와 작은 배 한 척으
로 구성된 그림 같은 사진이다. 이 구성 요소들의 정체성은
서로 다른 높이와 방향을 가졌지만, 한 장면에서 하나의 의
미망으로 통어統御된다. 하늘은 늘 먼저 있고 산은 움직이지
않으며, 바다는 끊임없이 변하고 배는 이 세 요소 사이에 놓
인 인간의 선택지다. 하늘처럼 멀어질 수 없고 산처럼 머물
수도 없으며, 언제나 바다 위를 떠다니면서 이동하는 존재의
자화상이다. 시인은 이 전체의 형상을 압축하여 '깊고 푸른'
이란 형용어를 사용했고, 그것이 '저만치 아득'한 것이라고

정의했다. 이 언표를 풍경에 국한된 해명으로 보는 상식적 단견短見을 벗어나면, 거기 우리 삶의 묘리妙理에 대한 각성이 뒤따라온다.

.와 …… 사이 어디쯤

생의 무수한 서사들이
그 몇 개의 점들 속에 있었다

– 「.와……사이」

아마도 창변窓邊이지 싶다. 유리창에 맺힌 물방울을 보고서 마침표와 말줄임표를 환기하고, 그 두 부호 사이의 어간於間을 짚어낸 이 시는 놀랍고도 참신하다. 문장 속의 마침표는 단순히 문장을 끝내는 기호를 넘어 생각과 감정의 멈춤 또는 결정을 뜻한다. 그런 만큼 마침표에는 감정의 절제와 사실성 강화의 미덕이 있다. 문학 문장에서 마침표는, 사건의 종결보다 화지의 태도를 보여준다. 말줄임표는 말을 덧한 표시가 아니라, 미처 또는 의도적으로 말하지 않은 것을 남겼다는 기호다. 그래서 이 기호 뒤에는 망설임, 여운, 미련 그리고 차마 말하지 못한 감정 등이 응축되어 있다 시인은 이 양자 사이에, '그 몇 개의 점들' 속에 '생의 무수한 서사들'이 잠복해 있다고 보았다. 사태의 배면을 보고, 그 바닥을 두드리는 관점이다.

지금까지 우리는 '하늘마중'이란 제목 아래 묶인 차민기 시인의 디카시 60편을 정성 들여 살펴보았다. 글의 서두에서 언급한 바와 같이, 그가 디카시 문예 운동 초기의 이론가요 창작자였다는 사실이 실감되는 시들이었다. 그 이전에 이미 시 창작을 했고 문학평론가이자 문학 연구자로 문필 활동을 해 온 만큼, 그의 디카시에는 태작駄作이 거의 없었다. 무엇보다 주목할 바는 활달한 더 나아가 번천翻天의 상상력을 사진과 결합하는 기량이었다. 다만 그 진중한 명제를 쉽사리 누설하지 않고, 평가와 판단을 숨겨서 전달하는 패턴을 유지하는 데서 시인의 자기 감리監理와 절제를 볼 수 있었다. 그의 디카시에 '춘추필법春秋筆法의 시'란 호명을 부여한 이유다. 바라기로는 그의 시 세계가 더욱 유장悠長한 경계를 열어 나감으로써, 우리로 하여금 지속적으로 좋은 디카시를 만나는 소중한 행복을 누리게 해 주었으면 한다.